KB170734

읽고 쓰는
향수

| 일러두기 |

독자들이 읽기 불편할 정도의 맞춤법과 띄어쓰기는 현대표준어 규정에 맞추어 정했습니다. 하지만 시인의 작품성을 훼손하지 않기 위해 표준어 규정에 어긋나는 부분이 있어도 그대로 실린 경우도 있습니다.

감성시집 4

읽고 쓰는
향수

정지용 지음

모든북스

차 례

읽고 쓰는

향수

정지용 지음

바다 1

고래가 이제 횡단한 뒤
해협이 천막처럼 퍼덕이오.

……흰 물결 피어오르는 아래로 바둑돌 자꾸 자꾸
내려가고,

은방울 날리듯 떠오르는 바다종달새……

한나절 노려보오 움켜잡아 고 빨간 살 뺏으려고.

미역잎새 향기한 바위틈에
진달래꽃빛 조개가 햇살 쪼이고,
청제비 제 날개에 미끄러져 도-네
유리판 같은 하늘에.
바다는 속속들이 보이오.
청댓잎처럼 푸른
바다
봄

꽃봉오리 줄등 켠 듯한
조그만 산으로 ─ 하고 있을까요.

솔나무 대나무
다옥한 수풀로 ─ 하고 있을까요.

노랑 검정 알롱달롱한
블랑키트 두르고 쪼그린 호랑이로 ─ 하고 있을까요.

당신은 '이러한 풍경'을 데리고
흰 연기 같은
바다
멀리 멀리 항해합쇼.

바다 2

바다는 뿔뿔이
달아나려고 했다.

푸른 도마뱀 떼같이
재재발렀다.

꼬리가 이루
잡히지 않았다.

흰 발톱에 찢긴
산호보다 붉고 슬픈 생채기!

가까스로 몰아다 부치고
변죽을 둘러 손질하여 물기를 시쳤다.

이 앨쓴 해도(海圖)에
손을 씻고 떼었다.

찰찰 넘치도록
돌돌 구르도록

희동그란히 받쳐 들었다!
지구는 연잎인 양 오므라들고……펴고……

비로봉

백화(白樺)수풀 앙당한 속에
계절이 쪼그리고 있다.

이곳은 육체 없는 요적한 향연장
이마에 스며드는 향료로운 자양!

해발 오천 피트 권운층 위에
그싯는 성냥불!

동해는 푸른 삽화처럼 옴직 않고
누뤼알이 참벌처럼 옮겨 간다.

연정은 그림자마저 벗자
산드랗게 얼어라! 귀뚜라미처럼.

홍역

석탄 속에서 피어 나오는
태고연(太古然)히 아름다운 불을 둘러
십이월(十二月) 밤이 고요히 물러앉다.

유리도 빛나지 않고
창장(窓帳)도 깊이 내리운 대로 ―
문에 열쇠가 끼인 대로 ―

눈보라는 꿀벌 떼처럼
닝닝거리고 설레는데,
어느 마을에서는 홍역이 척촉처럼 난만(爛漫)하다.

귀로(歸路)

포도(鋪道)로 내리는 밤안개에
어깨가 적이 무거웁다.

이마에 촉(觸)하는 쌍그란 계절의 입술
거리에 등불이 함폭! 눈물겹구나.

제비도 가고 장미도 숨고
마음은 안으로 상장(喪章)을 차다.

걸음은 절로 디딜 데 디디는 삼십(三十)적 분별
영탄도 아닌 불길한 그림자가 길게 누이다.

밤이면 으레 홀로 돌아오는
붉은 술도 부르지 않는 적막한 습관이여!

지도

지리교실 전용지도는
다시 돌아와 보는 미려(美麗)한 칠월(七月)의 정원.
천도열도(千島列島) 부근 가장 짙푸른 곳은 진실한
바다보다 깊다.
한가운데 검푸른 점으로 뛰어들기가 얼마나 황홀한
해학이냐!
의자 위에서 다이빙 자세를 취할 수 있는 순간,
교원실의 칠월은 진실한 바다보담 적막하다.

해협

포탄으로 뚫은 듯 동그란 선창으로
눈썹까지 부풀어 오른 수평이 엿보고,

하늘이 함폭 내려앉아
크낙한 암탉처럼 품고 있다.

투명한 어족이 행렬하는 위치에
훗하게 차지한 나의 자리여!

망토 깃에 솟은 귀는 소라속같이
소란한 무인도의 각적(角笛)을 불고 —

해협 오전 두 시의 고독은 오롯한 원광(圓光)을 쓰다.
서러울 리 없는 눈물을 소녀처럼 짓자.

나의 청춘은 나의 조국!
다음날 항구의 개인 날씨여!

항해는 정히 연애처럼 비등하고
이제 어드메쯤 한밤의 태양이 피어오른다.

다시 해협

정오 가까운 해협은
백묵 흔적이 적력(的歷)한 원주(圓周)!

마스트 끝에 붉은 기가 하늘보다 곱다.
감람 포기 포기 솟아오르듯 무성한 물이랑이여!

반마(班馬)같이 해구(海狗)같이 어여쁜 섬들이
달려오건만 일일이 만져주지 않고 지나가다.

해협이 물거울 쓰러지듯 휘뚝 하였다.
해협은 엎질러지지 않았다.

지구 위로 기어가는 것이
이다지도 호수운 것이냐!

외진 곳 지날 제 기적은 무서워서 운다.
당나귀처럼 처량하구나.

해협의 칠월(七月) 햇살은
달빛보담 시원타.

화통(火筒) 옆 사닥다리에 나란히
제주도 사투리 하는 이와 아주 친했다.

스물한 살 적 첫 항로(航路)에
연애보담 담배를 먼저 배웠다.

촛불과 손

고요히 그싯는 솜씨로
방 안 하나 차는 불빛!

별안간 꽃다발에 안긴 듯이
올빼미처럼 일어나 큰 눈을 뜨다.

그대의 붉은 손이
바위틈에 물을 따오다,
산양의 젖을 옮기다,
간소한 채소를 기르다,
오묘한 가지에
장미가 피듯이
그대 손에 초밤불이 낳도다.

난초

난초 잎은
차라리 수묵색.

난초 잎에
엷은 안개와 꿈이 오다.

난초 잎은
한밤에 여는 다문 입술이 있다.

난초 잎은
별빛에 눈떴다 돌아 눕다.

난초 잎은
드러난 팔구비를 어쩌지 못한다.

난초 잎에
적은 바람이 오다.

난초 잎은 춥다.

바람

바람 속에 장미가 숨고
바람 속에 불이 깃들다.

바람에 별과 바다가 씻기우고
푸른 묏부리와 나래가 솟다.

바람은 음악의 호수
바람은 좋은 알리움!

오롯한 사랑과 진리가 바람에 옥좌를 고이고
커다란 하나와 영원이 펴고 날다.

유리창 1

유리에 차고 슬픈 것이 어른거린다.
열없이 붙어 서서 입김을 흐리우니
길들은 양 언 날개를 파닥거린다.
지우고 보고 지우고 보아도
새까만 밤이 밀려나가고 밀려와 부딪치고,
물먹은 별이, 반짝, 보석처럼 박힌다.
밤에 홀로 유리를 닦는 것은
외로운 황홀한 심사이어니,
고운 폐혈관이 찢어진 채로
아아, 너는 산새처럼 날아갔구나!

유리창 2

내어다 보니
아주 캄캄한 밤,
어험스런 뜰 앞 잣나무가 자꾸 커 올라간다.
돌아서서 자리로 갔다.
나는 목이 마르다.
또, 가까이 가
유리를 입으로 쫏다.
아아, 항 안에 든 금붕어처럼 갑갑하다.
별도 없다, 물도 없다, 휘파람 부는 밤.
소증기선(小蒸汽船)처럼 흔들리는 창.
투명한 보랏빛 누뤼알아,
이 알몸을 끄집어내라, 때려라, 부릇내라.
나는 열이 오른다.
뺨은 차라리 연정스레히

유리에 부빈다. 차디찬 입맞춤을 마신다.

쓰라리, 알연히, 그싯는 음향 ―

머언 꽃!

도회(都會)에는 고운 화재(火災)가 오른다.

아침

프로펠러 소리
선연한 커 — 브를 돌아 나갔다.

쾌청! 짙푸른 유월(六月) 도시는 한 층계 더 자랐다.

나는 어깨를 고르다.
하품……목을 뽑다.
붉은 수탉 모양 하고
피어오르는 분수를 물었다……뿜었다……
햇살이 함빡 백공작의 꼬리를 폈다.

수련(睡蓮)이 화판(花瓣)을 폈다.
오므라쳤던 잎새.잎새.잎새.
방울 방울 수은을 바쳤다.
아아 유방처럼 솟아오른 수면!
바람이 굴고 거위가 미끄러지고 하늘이 돈다.

좋은 아침 —
나는 탐하듯이 호흡한다.
때는 구김살 없는 흰 돛을 달다.

시계를 죽임

한밤에 벽시계는 불길한 탁목조(啄木鳥)!
나의 뇌수를 미신바늘처럼 쪼다.

일어나 종알거리는 '시간'을 비틀어 죽이다.
잔인한 손아귀에 감기는 가냘픈 모가지여!

오늘은 열 시간 일하였노라.
피로한 이지(理智)는 그대로 치차(齒車)를 돌리다.

나의 생활은 일절 분노를 잊었노라.
유리 안에 설레는 검은 곰인 양 하품하다.

꿈과 같은 이야기는 꿈에도 아니하련다.
필요하다면 눈물도 제조할 뿐!

어쨌든 정각에 꼭 수면하는 것이
고상한 무표정이요 한 취미로 하노라!

명일(明日)! [일자(日字)가 아니어도 좋은 영원한 혼례!]

소리 없이 옮겨가는 나의 백금 체펠린의

유유(悠悠)한 야간 항로(航路)여!

비극

'비극'의 흰 얼굴을 뵈인 적이 있느냐?
그 손님의 얼굴은 실로 미(美)하니라.
검은 옷에 가리워 오는 이 고귀한 심방(尋訪)에 사람들은
부질없이 당황한다.
실상 그가 남기고 간 자취가 얼마나 향그럽기에
오랜 후일에야 평화와 슬픔과 사랑의 선물을 두고
간 줄을 알았다.
그의 발옮김이 또한 표범의 뒤를 따르듯 조심스럽기에
가리어 듣는 귀가 오직 그의 노크를 안다.
묵(墨)이 말라 시가 써지지 아니하는 이 밤에도 나는
맞이할 예비가 있다.
일찍이 나의 딸 하나와 아들 하나를 드린 일이 있기에
혹은 이 밤에 그가 예의를 갖추지 않고 올 양이면
문밖에서 가벼이 사양하겠다!

오월소식(五月消息)

오동나무 꽃으로 불 밝힌 이곳 첫여름이 그립지 아니한가?
어린 나그네 꿈이 시시로 파랑새가 되어오려니.
나무 밑으로 가나 책상 턱에 이마를 고일 때나,
네가 남기고 간 기억만이 소근 소근거리는구나.

모처럼만에 날아온 소식에 반가운 마음이 울렁거리어
가여운 글자마다 먼 황해가 넘실거리나니.

……나는 갈매기 같은 종선을 한창 치달리고 있다……

쾌활한 오월(五月)넥타이가 내처 난데없는 순풍이 되어,
하늘과 딱 닿은 푸른 물결 위에 솟은,
외따른 섬 로맨틱을 찾아갈까나.

일본말과 아라비아 글씨를 알려주러 간
쬐그만 이 페스탈로치야, 꾀꼬리 같은 선생님이야,
날마다 밤마다 섬 둘레가 근심스런 풍랑에 씹히는가
하노니, 은은히 밀려오는 듯 머얼리 우는 오르간 소리……

이른 봄 아침

귀에 설은 새소리가 새어 들어와
참한 은시계로 자근자근 얻어맞은 듯,
마음이 이 일 저 일 보살필 일로 갈라져,
수은방울처럼 동글동글 나동그라져,
춥기는 하고 진정 일어나기 싫어라.

쥐나 한 마리 훔켜잡을 듯이
미닫이를 살포 ― 시 열고 보노니
사루마다* 바람으론 오호! 추워라.

마른 새삼 넝쿨 사이사이로
빠알간 산새새끼가 물렛북 드나들듯.

새새끼 와도 언어수작을 능히 할까 싶어라.
날카롭고도 보드라운 마음씨가 파닥거리어.
새새끼와 내가 하는 에스페란토는 휘파람이라.
새새끼야, 한종일 날아가지 말고 울어나 다오,
오늘 아침에는 나이 어린 코끼리처럼 외로워라.

산봉우리 ─ 저짝으로 돌린 프로필 ─
패랭이꽃 빛으로 볼그레하다,
씩 씩 뽑아 올라간, 밋밋하게
깎아 세운 대리석 기둥인 듯,
간덩이 같은 해가 이글거리는
아침 하늘을 일심으로 떠받치고 섰다.

봄바람이 허리띠처럼 휘이 감돌아서서
사알랑 사알랑 날아오노니,
새새끼도 포르르 포르르 불려 왔구나.

* 사루마다 : 팬츠, 잠방이

압천(鴨川)

압천 십 리(里) 벌에
해는 저물어……저물어……

날이 날마다 님 보내기
목이 자졌다……여울 물소리……

찬 모래알 쥐어짜는 찬 사람의 마음,
쥐어짜라.바시여라.시원치도 않아라.

역구풀 우거진 보금자리
뜸부기 홀어멈 울음 울고,

제비 한 쌍 떴다,
비맞이 춤을 추어.

수박 냄새 품어오는 저녁 물바람.
오렌지 껍질 씹는 젊은 나그네의 시름.

압천 십 리(里) 벌에
해가 저물어……저물어……

석류

장미꽃처럼 곱게 피어 가는 화로에 숯불,
입춘 때 밤은 마른풀 사르는 냄새가 난다.

한겨울 지난 석류열매를 쪼개어
홍보석(紅寶石)같은 알을 한 알 두 알 맛보노니,

투명한 옛 생각, 새론 시름의 무지개여,
금붕어처럼 어린 여릿여릿한 느낌이여.

이 열매는 지난 해 시월 상달, 우리 둘의
조그마한 이야기가 비롯될 때 익은 것이어니.

작은 아씨야, 가녀린 동무야, 남몰래 깃들인
네 가슴에 졸음 조는 옥토끼가 한 쌍.

옛 못 속에 헤엄치는 흰 고기의 손가락, 손가락,
외롭게 가볍게 스스로 떠는 은(銀)실, 은실

아아 석류알을 알알이 비추어 보며
신라 천년의 푸른 하늘을 꿈꾸노니.

발열(發熱)

처마 끝에 서린 연기 따러
포도 순이 기어 나가는 밤, 소리 없이,
가물은 땅에 스며든 더운 김이
등에 서리나니, 훈훈히,
아아, 이 애 몸이 또 달아오르누나.
가쁜 숨결을 드내쉬노니, 박나비처럼,
가녀린 머리, 주사 찍은 자리에, 입술을 붙이고
나는 중얼거리다, 나는 중얼거리다,
부끄러운 줄도 모르는 다신교도(多神敎徒)와도 같이.
아아, 이 애가 애자지게 보채누나!
불도 약도 달도 없는 밤,
아득한 하늘에는
별들이 참벌 날으듯 하여라.

향수(鄕愁)

넓은 벌 동쪽 끝으로
옛이야기 지줄대는 실개천이 휘돌아 나가고,
얼룩백이 황소가
해설피 금빛 게으른 울음을 우는 곳,

―그곳이 차마 꿈엔들 잊힐리야.

질화로에 재가 식어지면
빈 밭에 밤바람 소리 말을 달리고,
엷은 졸음에 겨운 늙으신 아버지가
짚베개를 돋아 고이시는 곳,

―그곳이 차마 꿈엔들 잊힐리야.

흙에서 자란 내 마음
파아란 하늘빛이 그리워
함부로 쏜 화살을 찾으려
풀섶 이슬에 함추름 휘적시던

―그곳이 차마 꿈엔들 잊힐리야.

전설 바다에 춤추는 밤물결 같은
검은 귀밑머리 날리는 어린 누이와
아무렇지도 않고 예쁠 것도 없는
사철 발 벗은 안해가
따가운 햇살을 등에 지고 이삭 줍던 곳,

─그곳이 차마 꿈엔들 잊힐리야.

하늘에는 성근 별
알 수도 없는 모래성으로 발을 옮기고,
서리 까마귀 우지짖고 지나가는 초라한 지붕,
흐릿한 불빛에 돌아앉아 도란도란거리는 곳,

─그 곳이 차마 꿈엔들 잊힐리야.

갑판 위

나직한 하늘은 백금빛으로 빛나고
물결은 유리판처럼 부서지며 끓어오른다.
동글동글 굴러오는 짠바람에 뺨마다 고운 피가 고이고
배는 화려한 짐승처럼 짖으며 달려 나간다.
문득 앞을 가리는 검은 해적 같은 외딴 섬이
흩어져 나는 갈매기 떼 날개 뒤로 문짓 문짓 물러나가고,
어디로 돌아다보든지 하이얀 큰 팔구비에 안기어
지구덩이가 동그랗다는 것이 즐겁구나.
넥타이는 시원스럽게 날리고 서로 기대 선 어깨에
유월(六月)볕이 스며들고
한없이 나가는 눈길은 수평선 저쪽까지 기(旗)폭처럼
퍼덕인다.

바다 바람이 그대 머리에 아른대는구려,
그대 머리는 슬픈 듯 하늘거리고.

바다 바람이 그대 치마폭에 니치대는구려,
그대 치마는 부끄러운 듯 나부끼고.

그대는 바람보고 꾸짖는구려.

별안간 뛰여들삼어도 설마 죽을라구요
바나나 껍질로 바다를 놀려대노니,

젊은 마음 꼬이는 구비 도는 물구비
둘이 함께 굽어보며 가볍게 웃노니.

태극선(太極扇)

이 아이는 고무볼을 따러
흰 산양(山羊)이 서로 부르는 푸른 잔디 위로
달리는지도 모른다.

이 아이는 범나비 뒤를 그리어
소스라치게 위태한 절벽 갓을 내닫는지도 모른다.

이 아이는 내처 날개가 돋혀
꽃잠자리 제자를 쓴 하늘로 도는지도 모른다.

　　　(이 아이가 내 무릎 위에 누운 것이 아니라)

새와 꽃, 인형, 납, 병정, 기관차들을 거느리고
모래밭과 바다, 달과 별 사이로
다리 긴 왕자처럼 다니는 것이려니,

(나도 일찍이, 점두룩 흐르는 강가에

이 아이를 뜻도 아니한 시름에 겨워

풀피리만 찢은 일이 있다)

이 아이의 비단결 숨소리를 보라.

이 아이의 씩씩하고도 보드라운 모습을 보라.

이 아이 입술에 깃들인 박꽃 웃음을 보라.

(나는 쌀, 돈셈, 지붕 샐 것이 문득 마음 키인다)

반딧불 하릿하게 날고

지렁이 기름불만치 우는 밤,

모여드는 훗훗한 바람에

슬프지도 않은 태극선 자루가 나부끼다.

카페 프란스

옮겨다 심은 종려나무 밑에
삐뚜루 선 장명등,
카페 프란스에 가자.

이놈은 루바쉬카
또 한 놈은 보헤미안 넥타이
삐쩍 마른 놈이 앞장을 섰다.

밤비는 뱀눈처럼 가는데
페이브멘트에 흐느끼는 불빛
카페 프란스에 가자.

이놈의 머리는 빗두른 능금
또 한 놈의 심장은 벌레 먹은 장미

제비처럼 젖은 놈이 뛰어간다.

"오오 패롤(앵무) 서방! 굿 이브닝!"

"굿 이브닝!"(이 친구 어떠하시오?)

울금향(鬱金香) 아기씨는 이 밤에도
경사 커튼-밑에서 조시는구료!

나는 자작의 아들도 아무것도 아니란다.
남달리 손이 희어서 슬프구나!
나는 나라도 집도 없단다.
대리석 테이블에 닿는 내 뺨이 슬프구나!

오오, 이국종(異國種) 강아지야
내 발을 빨아다오.
내 발을 빨아다오.

슬픈 인상화(印象畵)

수박 냄새 품어 오는
첫여름의 저녁 때……

먼 해안 쪽
길옆 나무에 늘어선
전등. 전등.
헤엄쳐 나온 듯이 깜박거리고 빛나누나.

침울하게 울려오는
축항(築港)의 기적 소리……기적 소리……
이국정조(異國情調)로 퍼덕이는
세관의 깃발. 깃발.

시멘트 깐 인도(人道) 측으로 사뿟 사뿟 옮기는
하이얀 양장(洋裝)의 점경(點景)!

그는 흘러가는 실심(失心)한 풍경이여니……
부질없이 오렌지 껍질 씹는 시……

아아, 애시리 황(愛施利 黃)!
그대는 상해(上海)로 가는구료……

조약돌

조약돌 도글도글……
그는 나의 혼(魂)의 조각이러뇨.

앓는 피에로의 설움과
첫길에 고달픈
청(靑)제비의 푸념 겨운 지줄댐과,
꼬집어 아직 붉어 오르는
피에 맺혀,
비 날리는 이국 거리를
탄식하며 헤매누나.

조약돌 도글도글……
그는 나의 혼(魂)의 조각이러뇨.

피리

자네는 인어를 잡아
아씨를 삼을 수 있나?

달이 이리 창백한 밤엔
따뜻한 바다 속에 여행도 하려니.

자네는 유리 같은 유령이 되어
뼈만 앙상하게 보일 수 있나?

달이 이리 창백한 밤엔
풍선을 잡아타고
화분(花粉)날리는 하늘로 둥둥 떠오르기도 하려니.

아무도 없는 나무 그늘 속에서
피리와 단둘이 이야기하노니.

다알리아

가을 볕 째앵 하게
내려 쪼이는 잔디밭.

함빡 피어난 다알리아.
한낮에 함빡 핀 다알리아.

시약시야, 네 살빛도
익을 대로 익었구나.

젖가슴과 부끄럼성이
익을 대로 익었구나.

시약시야, 순하디순하여 다오.
암사슴처럼 뛰어다녀 보아라.

물오리 떠돌아다니는
흰 못물 같은 하늘 밑에,

함빡 피어 나온 다알리아.
피다 못해 터져 나오는 다알리아.

홍춘(紅椿)

춘(椿)나무 꽃 피 뱉은 듯 붉게 타고
더딘 봄날 반은 기울어
물방아 시름없이 돌아간다.

어린아이들 제 춤에 뜻 없는 노래를 부르고
솜병아리 양지쪽에 모이를 가리고 있다.

아지랑이 졸음 조는 마을길에 고달파
아름아름 알어질 일도 몰라서
여윈 볼만 만지고 돌아오노니.

저녁 햇살

불 피어오르듯 하는 술
한숨에 키여도 아아 배고파라.

수줍은 듯 놓인 유리컵
바작바작 씹는 대로 배고프리.

네 눈은 고만(高慢)스런 흑(黑)단추.
네 입술은 서운한 가을철 수박 한 점.

빨아도 빨아도 배고프리.

술집 창문에 붉은 저녁 햇살
연연하게 탄다, 아아 배고파라.

벗나무 열매

윗입술에 그 벗나무 열매가 다 나섰니?
그래 그 벗나무 열매가 지운 듯 스러졌니?
그끄제 밤에 니가 참버리처럼 닝닝거리고 간 뒤로 —
불빛은 송홧가루 삐운 듯 무리를 둘러쓰고
문풍지에 어렴풋이 얼음 풀린 먼 여울이 떠는구나.
바람세는 연사흘 두고 유달리도 미끄러워
한창때 삭신이 덧나기도 쉽단다.
외로운 섬 강화도로 떠날 임시 해서 —
윗입술에 그 벗나무 열매가 안 나아서 쓰겠니?
그래 그 벗나무 열매를 그대로 달고 가려니?

엽서에 쓴 글

나비가 한 마리 날러 들어온 양 하고
이 종잇장에 불빛을 돌려대 보시압.
제대로 한동안 파닥거려 오리다.
— 대수롭지도 않은 산목숨과도 같이.
그러나 당신의 열적은 오라범 하나가
먼데 가까운데 가운데 불을 헤이며 헤이며
찬비에 함추름 휘적시고 왔소.
— 스럽지도 않은 이야기와도 같이.
누나, 검은 이 밤이 다 희도록
참한 뮤즈처럼 주무시압.
해발 이천 피트 산봉우리 위에서
이제 바람이 내려옵니다.

선취(船醉)

배 난간에 기대서서 휘파람을 날리나니
새까만 등솔기에 팔월(八月)달 햇살이 따가워라.

금단추 다섯 개 달은 자랑스러움, 내처 시달픔.
아리랑 조라도 찾아볼까, 그 전날 부르던,

아리랑 조 그도 저도 다 잊었읍네, 인제는 벌써,
금단추 다섯 개를 뿌리고 가자, 파아란 바다 위에.

담배도 못 피우는, 수탉 같은 머언 사랑을
홀로 피우며 가노니, 늬긋늬긋 흔들 흔들리면서.

봄

윗까마귀 울며 나른 아래로
허울한 돌기둥 넷이 서고,
이끼 흔적 푸르른데
황혼이 붉게 물들다.

거북등 솟아오른 다리
길기도 한 다리,
바람이 수면에 옮기니
휘이 비껴 쓸리다.

슬픈 기차

우리들의 기차는 아지랑이 남실거리는 섬나라 봄날
온 하루를 익살스런 마도로스파이프로 피우며 간 단 다.
우리들의 기차는 느으릿 느으릿 유월소 걸어가듯 걸어
간 단 다.

우리들의 기차는 노오란 배추꽃 비탈길 새로
헐레벌떡거리며 지나 간 단 다.

나는 언제든지 슬프기는 슬프나마 마음만은 가벼워
나는 차창에 기댄 대로 휘파람이나 날리자.

먼 데 산이 군마처럼 뛰어오고 가까운 데 수풀이 바람
처럼 불려가고
유리판을 펼친 듯, 뇌호내해 퍼언한 물. 물. 물. 물.

손가락을 담그면 포돗빛이 들으렸다.

입술에 적시면 탄산수처럼 끓으렷다.
복스런 돛폭에 바람을 안고 뭇배가 팽이처럼
밀려가다 간,
나비가 되어 날아간다.

나는 차창에 기댄 대로 옥토끼처럼 고마운 잠이나 들자.
청(靑)만틀 깃자락에 마담 R의 고달픈 뺨이 불그레 피었
다. 고운 석탄불처럼 이글거린다.
당치도 않은 어린아이 잠재우기 노래를 부르심은 무슨
뜻이뇨?

잠들어라
가여운 내 아들아.

잠들어라.

나는 아들이 아닌 것을, 웃수염 자리 잡혀 가는, 어린
아들이 버얼써 아닌 것을.
나는 유리쪽에 가깝한 입김을 비추어 내가 제일
좋아하는 이름이나 그시며 가자.

나는 늬긋 늬긋한 가슴을 밀감(蜜柑)쪽으로나 씻어
내리자.

대수풀 울타리마다 요염한 관능과 같은 홍춘(紅椿)이
피맺혀 있다.

마당마다 솜병아리 털이 폭신폭신하고,
지붕마다 연기도 아니 뵈는 햇볕이 타고 있다.
오오, 개인 날씨야, 사랑과 같은 어질머리야,
어질머리야.

청만틀 깃자락에 마담 R의 가여운 입술이 여태껏 떨고
있다.
누나다운 입술을 오늘이야 실컷 절하며 갚노라.
나는 언제든지 슬프기는 슬프나마,
오오, 나는 차보다 더 날러가지는 아니하련다.

새빨간 기관차

느으릿 느으릿 한눈 파는 겨를에
사랑이 쉬이 알아질까도 싶구나.
어린아이야, 달려가자.
두 뺨에 피어오른 어여쁜 불이
일찍 꺼져 버리면 어찌 하자니?
줄달음질 쳐 가자.
바람은 휘잉. 휘잉.
만틀 자락에 몸이 떠오를 듯.
눈보라는 풀. 풀.
붕어새끼 꾀어내는 모이 같다.
어린아이야, 아무것도 모르는
새빨간 기관차처럼 달려가자!

밤

눈 머금은 구름 새로
흰 달이 흐르고,

처마에 서린 탱자나무가 흐르고,

외로운 촛불이, 물새의 보금자리가 흐르고……

표범 껍질에 호젓하이 쌓이여
나는 이 밤, '적막한 홍수'를 누워 건너다.

호수 1

얼굴 하나야
손바닥 둘로
폭 가리지만,

보고 싶은 마음
호수만 하니
눈 감을밖에.

호수 2

오리 모가지는
호수를 감는다.

오리 모가지는
자꾸 간지러워.

호면

손바닥을 울리는 소리
곱다랗게 건너간다.

그 뒤로 흰 거위가 미끄러진다.

겨울

빗방울 내리다 누뤼알로 구을러
한밤중 잉크빛 바다를 건너다.

달

선뜻! 뜨인 눈에 하나 차는 영창
달이 이제 밀물처럼 밀려오다.

미욱한 잠과 베개를 벗어나
부르는 이 없이 불려 나가다.

한밤에 홀로 보는 나의 마당은
호수같이 둥그시 차고 넘치누나.

쪼그리고 앉은 한옆에 흰 돌도
이마가 유달리 함초롬 고와라.

연연턴 녹음, 수묵색으로 짙은데
한창때 곤한 잠인 양 숨소리 설키도다.

비둘기는 무엇이 궁거워 구구 우느뇨,
오동나무 꽃이야 못 견디게 향그럽다.

바다 1

오.오.오.오.오.오. 소리치며 달려가니
오.오.오.오.오.오. 연달아서 몰아온다.

간밤에 잠살포시
머언 뇌성이 울더니,

오늘 아침 바다는
포돗빛으로 부풀어졌다.

철썩, 처얼썩, 철썩, 처얼썩, 철썩,
제비 날아들듯 물결 사이사이로 춤을 추어.

바다 2

한 백년 진흙 속에
숨었다 나온 듯이,

게처럼 옆으로
기어가 보노니,

머언 푸른 하늘 아래로
가이 없는 모래 밭.

바다 3

외로운 마음이
한종일 두고

바다를 불러 —

바다 위로
밤이
걸어온다.

바다 4

후주근한 물결 소리 등에 지고 홀로 돌아가노니
어데선지 그 누구 쓰러져 울음 우는 듯한 기척,

돌아서서 보니 먼 등대가 반짝반짝 깜박이고
갈매기 떼 끼루룩 끼루룩 비를 부르며 날아간다.

울음 우는 이는 등대도 아니고 갈매기도 아니고
어딘지 홀로 떨어진 이름 모를 서러움이 하나.

바다 5

바둑돌은
내 손아귀에 만져지는 것이
퍽은 좋은가 보아.

그러나 나는
푸른 바다 한복판에 던졌지.

바둑돌은
바다로 거꾸로 떨어지는 것이
퍽은 신기한가 보아.

당신도 인제는
나를 그만만 만지시고,
귀를 들어 팽개를 치십시오.

나라는 나도
바다로 거꾸로 떨어지는 것이,
퍽은 시원해요.

바둑돌의 마음과
이 내 심사는
아아무도 모르지라요.

절정(絶頂)

석벽(石壁)에는
주사(朱砂)가 찍혀 있소.
이슬 같은 물이 흐르오.
나래 붉은 새가
위태한 데 앉아 따먹으오.
산포도(山葡萄)순이 지나갔소.
향그런 꽃뱀이
고원(高原)꿈에 옴치고 있소.
거대한 죽음 같은 장엄한 이마,
기후조(氣候鳥)가 첫 번 돌아오는 곳,
상현달이 사라지는 곳,
쌍무지개 다리 드디는 곳,
아래서 볼 때 오리온성좌와 키가 나란하오.
나는 이제 상상봉(上上峯)에 섰소.

별만 한 흰 꽃이 하늘대오.
민들레 같은 두 다리 간조롱해지오.
해 솟아오르는 동해 ―
바람에 향하는 먼 기(旗)폭처럼
뺨에 나부끼오.

풍랑몽(風浪夢) 1

당신께서 오신다니
당신은 어찌나 오시려십니까.

끝없는 울음 바다를 안으올 때
포돗빛 밤이 밀려오듯이,
그 모양으로 오시려십니까.

당신께서 오신다니
당신은 어찌나 오시려십니까.

물 건너 외딴 섬, 은회색 거인이
바람 사나운 날, 덮쳐 오듯이,
그 모양으로 오시려십니까.

당신께서 오신다니
당신은 어찌나 오시려십니까.

창밖에는 참새 떼 눈초리 무거웁고
창 안에는 시름겨워 턱을 고일 때,
은고리 같은 새벽달
부끄럼성스런 낯가림을 벗듯이,
그 모양으로 오시려십니까.

외로운 졸음, 풍랑에 어리울 때
앞 포구에는 궂은비 자욱이 들리고
행선(行船)배 북이 웁니다, 북이 웁니다.

말 1

청대나무 뿌리를 우여어차! 잡아 뽑다가 궁둥이를
찧었네. 짠 조수물에 흠뻑 불리워 획 획 내두르니
보랏빛으로 피어오른 하늘이 만만하게 보여진다.
채축에는 바다가 운다.
바다 위에 갈매기가 흩어진다.

오동나무 그늘에서 그리운 양 졸리운 양 한 내 형제
말님을 찾아 갔지.
"형제여, 좋은 아침이오."
말님 눈동자에 엊저녁 초사흘달이 하릿하게 돌아간다.
"형제여 뺨을 들려 대소. 왕왕."

말님의 하이얀 이빨에 바다가 시리다.
푸른 물 들뜻한 언덕에 햇살이 자개처럼 반짝거린다.
"형제여, 날씨가 이리 휘양찬 개인 날은 사랑이
부질없어라."

바다가 치마폭 잔주름을 잡어 온다.
"형제여, 내가 부끄러운 데를 싸매었으니
그대는 코를 불으라."

구름이 대리석 빛으로 퍼져 나간다.
채축이 번뜻 뱀을 그린다.
"오호! 호! 호! 호! 호! 호! 호!

말님의 앞발이 뒷발이오 뒷발이 앞발이라.
바다가 네 귀로 돈다.
쉿! 쉿! 쉿!
말님의 발이 여덟이오 열여섯이라.
바다가 이리 떼처럼 짖으며 온다.

쉿! 쉿! 쉿!
어깨 위로 넘어 닿는 마파람이 휘파람을 불고
물에서 뭍에서 팔월(八月)이 퍼덕인다.

"형제여, 오오 이 꼬리 긴 영웅이야!
날씨가 이리 휘양창 개인 날은 곱슬머리가
자랑스럽소라!"

말 2

까치가 앞서 날고,

말이 따라가고,

바람 소올소올, 물소리 쫄 쫄 쫄,

유월 하늘이 동그라하다, 앞에는 퍼언한 벌,

아아, 사방이 우리나라라구나.

아아, 웃통 벗기 좋다, 휘파람 불기 좋다, 채찍이 돈다,

돈다, 돈다, 돈다.

말아,

누가 났나? 너를. 너는 몰라.

말아,

누가 났나? 나를. 내도 몰라.

너는 시골 듬에서

사람스런 숨소리를 숨기고 살고

내사 대처 한복판에서

말스런 숨소리를 숨기고 다 자랐다.

시골로나 대처로나 가나 오나

양친(兩親) 못 보아 서럽더라.

말아,

메아리 소리 쩌러렁! 하게 울어라,

슬픈 놋방울소리 맞춰 내 한마디 할라니.

해는 하늘 한복판, 금빛 해바라기가 돌아가고,

파랑콩 꽃타리 하늘대는 두둑 위로

머언 흰 바다가 치여드네.

말아,

가자, 가자니, 고대(古代)와 같은 나그넷길 떠나가자.

말은 간다.

까치가 따라온다.

갈매기

돌아다보아야 언덕 하나 없다. 솔나무 하나 떠는 풀잎
하나 없다.
해는 하늘 한복판에 백금 도가니처럼 끓고, 똥그란
바다는 이제 팽이처럼 돌아간다.
갈매기야, 갈매기야, 너는 고양이 소리를 하는구나.
고양이가 이런 데 살 리야 있나, 너는 어데서 났니?
목이야 희기도 희다. 나래도 흰다. 발톱이 깨끗하다.
뛰는 고기를 문다.

흰 물결이 치여들 때 푸른 물구비가 내려앉을 때,
갈매기야, 갈매기야, 아는 듯 모르는 듯
너는 생겨났지, 내사 검은 밤비가 섬돌 위에 울 때
호롱불 앞에 났다더라.
내사 어머니도 있다, 아버지도 있다, 그이들은 머리가
희시다.
나는 허리가 가는 청년이라, 내 홀로 사모한 이도 있다,
대추나무 꽃피는 동네다 두고 왔단다.

갈매기야, 갈매기야, 너는 목으로 물결을 감는다.
발톱으로 민다. 물속을 든다, 솟는다, 떠돈다, 모로 난다.
너는 쌀을 아니 먹어도 사나? 내 손이사 짓부풀어졌다.
수평선 위에 구름이 이상하다, 돛폭에 바람이 이상하다.
팔뚝을 끼고 눈을 감았다. 바다의 외로움이 검은 넥타이
처럼 만져진다.

황마차(蝗馬車)

이제 마악 돌아 나가는 곳은 시계집 모롱이, 낮에는 처마
끝에 달아맨 종달새란 놈이 도회(都會) 바람에 나이를 먹
어 조금 연기 끼인 듯한 소리로 사람 흘러 내려가는 쪽으
로 그저 지줄지줄거립데다.

그 고달픈 듯이 깜박 깜빡 졸고 있는 모양이 — 가여운
잠의 한 점 이랄지요 — 붙일 데 없는 내 맘에 떠오릅니
다. 쓰다듬어 주고 싶은, 쓰다듬을 받고 싶은 마음이올
시다. 가엾은 내 그림자는 검은 상복처럼 지향 없이 흘
러 내려갑니다. 촉촉이 젖은 리본 떨어진 낭만풍의 모자
밑에는 금붕어의 분류(奔流)와 같은 밤경치가 흘러 내려
갑니다. 길옆에 늘어선 어린 은행나무들은 이국척후병
(異國斥候兵)의 걸음제로 조용조용히 흘러 내려갑니다.

　슬픈 은안경(銀眼鏡)이 흐릿하게
　밤비는 옆으로 무지개를 그린다.

이따금 지나가는 늦은 전차가 끼이익 돌아나가는 소리에
내 조고만 혼(魂)이 놀란 듯이 파닥거리나이다.
가고 싶어 따뜻한 화롯가를 찾아가고 싶어. 좋아하는
코란-경을 읽으면서 남경콩이나 까먹고 싶어, 그러나
나는 찾아 돌아갈 데가 있을라구요?

네거리 모퉁이에 씩 씩 뽑아 올라간 붉은 벽돌집 탑에서
는 거만스런 열두 시가 피뢰침에게 위엄 있는 손가락을
치켜들었소. 이제야 내 모가지가 쭈뼛 떨어질 듯도
하구료. 솔잎새 같은 모양새를 하고 걸어가는 나를
높다란 데서 굽어보는 것은 아주 재미있을 게지요.
마음 놓고 술술 소변이라도 볼까요. 헬멧 쓴 야경순사(夜
警巡査)가 필름처럼 쫓아오겠지요!

네거리 모퉁이 붉은 담벼락이 흠씬 젖었소. 슬픈 도회의
뺨이 젖었소. 마음은 열없이 사랑의 낙서를 하고 있소.
홀로 글썽글썽 눈물짓고 있는 것은 가엾은 소-냐의
신세를 비추는 빨간 전등의 눈알이외다. 우리들의
 그전날 밤은 이다지도 슬픈지요. 이다지도 외로운지요.
그러면 여기서 두 손을 가슴에 여미고 당신을 기다리고
있으리까?

길이 아주 질어 터져서 뱀 눈알 같은 것이 반짝 반짝 어리고 있소. 구두가 어찌나 크던동 걸어가면서 졸음님이 오십니다. 진흙에 착 붙어 버릴 듯하오. 철없이 그리워 동그스레한 당신의 어께가 그리워. 거기에 내 머리를 대면 언제든지 머언 따듯한 바다울음이 들려오더니……

……아아, 아무리 기다려도 못 오실 님을……

기다려도 못 오실 님 때문에 졸리운 마음은 황마차를 부르노니, 휘파람처럼 불려오는 황마차를 부르노니, 은(銀)으로 만들은 슬픔을 실은 원앙새 털 깔은 황마차, 꼬옥 당신처럼 참한 황마차, 찰 찰 찰 황마차를 기다리노니.

해바라기 씨

해바라기 씨를 심자.
담모롱이 참새 눈 숨기고
해바라기 씨를 심자.

누나가 손으로 다지고 나면
바둑이가 앞발로 다지고
괭이가 꼬리로 다진다.

우리가 눈감고 한밤 자고 나면
이슬이 내려와 같이 자고 가고,

우리가 이웃에 간 동안에
햇빛이 입맞추고 가고,

해바라기는 첫 시약시인데
사흘이 지나도 부끄러워
고개를 아니 든다.

가만히 엿보러 왔다가
소리를 깩! 지르고 간 놈이 —
오오, 사철나무 잎에 숨은
청개구리 고놈이다.

지는 해

우리 오빠 가신 곳은
해님 지는 서해 건너
멀리 멀리 가셨다네.
웬일인가 저 하늘이
핏빛보담 무섭구나!
난리 났나. 불이 났나.

띠

하늘 위에 사는 사람
머리에다 띠를 띠고,

이 땅 위에 사는 사람
허리에다 띠를 띠고,

땅속나라 사는 사람
발목에다 띠를 띠네.

산 너머 저쪽

산 너머 저쪽에는
누가 사나?

뻐꾸기 영 위에서
한나절 울음 운다.

산 너머 저쪽에는
누가 사나?

철나무 치는 소리만
서로 맞어 쩌 르 렁!

산 너머 저쪽에는
누가 사나?

늘 오던 바늘장수도
이 봄 들며 아니 뵈네.

홍시

어저께도 홍시 하나.
오늘에도 홍시 하나.

까마귀야, 까마귀야.
우리 남게 왜 앉았나.

우리 오빠 오시걸랑.
맛 뵐라구 남겨 뒀다.

후락 딱 딱
훠이 훠이!

무서운 시계

오빠가 가시고 난 방 안에
숯불이 박꽃처럼 새워 간다.

산마루 돌아가는 차, 목이 쉬어
이밤사 말고 비가 오시려나?

망토 자락을 여미며 여미며
검은 유리만 내어다 보시겠지!

오빠가 가시고 나신 방 안에
시계소리 서마 서마 무서워

삼월삼진날

중, 중, 때때중,
우리 애기 까까머리.

삼월삼진날,
질나라비, 훨, 훨,
제비 새끼, 훨, 훨,

쑥 뜯어다가
개피떡 만들어.
호, 호, 잠들여 놓고
냥, 냥, 잘도 먹었다.

중, 중, 때때중,
우리 애기 상제로 사갑소.

딸레

딸레와 쬐그만 아주머니,
앵두나무 밑에서
우리는 늘 셋동무.

딸레는 잘못하다
눈이 멀어 나갔네.

눈먼 딸레 찾으러 갔다 오니,
쬐그만 아주머니마저
누가 데려갔네.

방울 혼자 흔들다
나는 싫어 울었다.

산소

서낭산골 시오리 뒤로 두고
어린 누이 산소를 묻고 왔소.
해마다 봄바람 불어를 오면,
나들이 간 집새 찾아 가라고
남 먼저 피는 꽃을 심고 왔소.

종달새

삼동 내 ― 얼었다 나온 나를
종달새 지리 지리 지리리……

왜 저리 놀려 대누.

어머니 없이 자란 나를
종달새 지리 지리 지리리……

왜 저리 놀려 대누.

해바른 봄날 한종일 두고
모래톱에서 나 홀로 놀자.

병

부엉이 울던 밤
누나의 이야기 —

파랑병을 깨치면
금시 파랑 바다.

빨강병을 깨치면
금시 빨강 바다.

뻐꾸기 울던 날
누나 시집갔네 —

파랑병을 깨트려
하늘 혼자 보고.

빨강병을 깨트려
하늘 혼자 보고.

할아버지

할아버지가
담뱃대를 물고
들에 나가시니,
궂은 날도
곱게 개이고,

할아버지가
도롱이를 입고
들어 나가시니,
가문 날도
비가 오시네.

말

말아, 다락 같은 말아,
너는 점잖도 하다마는
너는 왜 그리 슬퍼 뵈니?
말아, 사람 편인 말아,
검정 콩 푸렁 콩을 주마.

이 말은 누가 난 줄도 모르고
밤이면 먼 데 달을 보며 잔다.

산에서 온 새

새삼나무 싹이 튼 담 위에
산에서 온 새가 울음 운다.

산엣 새는 파랑치마 입고.
산엣 새는 빨강모자 쓰고.

눈에 아름아름 보고 지고.
발 벗고 간 누이 보고 지고.

따순 봄날 이른 아침부터
산에서 온 새가 울음 운다.

바람

바람.
바람.
바람.

너는 내 귀가 좋으냐?
너는 내 코가 좋으냐?
너는 내 손이 좋으냐?

내사 온통 빨개졌네.

내사 아프치도 않다.

호 호 추워라 구보로!

별똥

별똥 떨어진 곳,
마음해 두었다
다음날 가보려,
벼르다 벼르다
인젠 다 자랐소.

기차

할머니
무엇이 그리 슬퍼 우십나?
울며 울며
녹아도(鹿兒島)로 간다.

해진 왜포 수건에
눈물이 함촉,
영! 눈에 어른거려
기대도 기대도
내 잠 못 들겠소.

내도 이가 아파서
고향 찾아가오.

배추꽃 노란 사월(四月)바람을
기차는 간다고
악 물며 악물며 달린다.

고향

고향에 고향에 돌아와도
그리던 고향은 아니러뇨.

산꿩이 알을 품고
뻐꾸기 제철에 울건만,

마음은 제 고향 지니지 않고
머언 항구로 떠도는 구름.

오늘도 메 끝에 홀로 오르니
흰 점 꽃이 인정스레 웃고,

어린 시절에 불던 풀피리 소리 아니 나고
메마른 입술에 쓰디쓰다.

고향에 고향에 돌아와도
그리던 하늘만이 높푸르구나.

산엣 색시 들녘 사내

산엣 새는 산으로,
들녘 새는 들로.
산엣 색시 잡으러
산에 가세.

작은 재를 넘어 서서,
큰 봉엘 올라서서,

"호-이"
"호-이"

산엣 색시 날래기가
표범 같다.

치달려 달아나는
산엣 색시,
활을 쏘아 잡었읍나?

아아니다,
들녘 사내 잡은 손은
차마 못 놓더라.

산엣 색시,
들녘 쌀을 먹였더니
산엣 말을 잊었읍데.

들녘 마당에
밤이 들어,

활 활 타오르는 화투불 너머로
넘어다보면 ―

들녘 사내 선웃음 소리,
산엣 색시
얼굴 와락 붉었더라.

내 맘에 맞는 이

당신은 내 맘에 꼭 맞는 이.
잘난 남보다 조그만치만
어리둥절 어리석은 척
옛사람처럼 사람 좋게 웃어 좀 보시오.
이리 좀 돌고 저리 좀 돌아 보시오.
코 쥐고 뺑뺑이 치다 절 한 번만 합쇼.

호. 호. 호. 호. 내 맘에 꼭 맞는 이.

큰 말 타신 당신이
쌍무지개 홍예문 틀어세운 벌로
내달리시면

나는 산날맹이 잔디밭에 앉아
기를 부르지요.

칠석(七夕)

"차라리 님이 없이 스스로 남이 되고 살지언정 하늘
위의 직녀성은 되지 않겠어요" 네네 나는 언제인지
님의 눈을 쳐다보며 조금 아양스런 소리로 이렇게
말하였습니다.
이 말은 견우의 님을 그리우는 직녀가 일 년에 한 번씩 만
나는 칠석을 어찌 기다리나 하는 동정(同情)의 저주였습
니다.
이 말에는 나는 모란꽃에 취한 나비처럼 일생을 님의
키스에 바쁘게 지나겠다는 교만한 맹세가 숨어 있습니다.

아아 알 수 없는 것은 운명이요 지키기 어려운 것은
맹세입니다.
나의 머리가 당신의 팔 위에 도리질을 한 지가 칠석을
열 번이나 지나고 또 몇 번을 지내었습니다.
그러나 그들은 나를 용서하고 불쌍히 여길 뿐이요
무슨 복수적 저주를 아니하였습니다.

그들은 밤마다 밤마다 은하수를 사이에 두고 마주 건너다
보며 이야기하고 놉니다.

그들은 해쭉해쭉 웃는 은하수의 강안(江岸)에서 물을
한줌씩 쥐어서 서로 던지고 다시 뉘우쳐 합니다.

그들은 물에다 발을 잠그고 반 비슥이 누워서 서로 안 보
는 체하고 무슨 노래를 부릅니다.

그들은 갈잎으로 배를 만들고 그 배에다 무슨 글을 써서
물에 띄우고 입김으로 불어서 서로 보냅니다. 그리고
서로 글을 보고 이해하지 못하는 것처럼 잠자코 있습니다.

그들은 돌아갈 때에는 서로 보고 웃기만 하고 아무 말도
아니합니다.

지금은 칠월 칠석날 밤입니다.

그들은 난초실로 주름을 접은 연꽃의 윗옷을 입었습니다.

그들은 한 구슬에 일곱 빛 나는 계수나무 열매의 노리개
를 찼습니다.

키스의 술에 취할 것을 상상하는 그들의 뺨은 먼저 기쁨
을 못 이기는 자기의 열정에 취하여 반이나 붉었습니다.

그들은 오작교를 건너갈 때에 걸음을 멈추고 윗옷의
뒷자락을 검사합니다.

그들은 오작교를 건너서 서로 포옹하는 동안에 눈물과 웃음이 순서를 잃더니 다시금 공경하는 얼굴을 보입니다.
아아 알 수 없는 것은 운명이요 지키기 어려운 것은 맹세입니다.

나는 그들의 사랑이 표현인 것을 보았습니다.
진정한 사랑은 표현할 수가 없습니다.
그들은 나의 사랑을 볼 수는 없습니다.

사랑의 신성(神聖)은 표현에 있지 않고 비밀에 있습니다.
그들이 나를 하늘로 오라고 손짓을 한대도 나는 가지 않겠습니다.
지금은 칠월 칠석날 밤입니다.

생(生)의 예술

모른 결에 쉬어지는 한숨은 봄바람이 되어서 여윈 얼굴을 비추는 거울에 이슬꽃을 핍니다.
나의 주위에는 화기(和氣)라고는 한숨의 봄바람밖에는 아무것도 없습니다.
하염없이 흐르는 눈물은 수정(水晶)이 되어서 깨끗한 슬픔의 성경(聖境)을 비칩니다.
나는 눈물의 수정이 아니면 이 세상에 보물이라고는
하나도 없습니다.

한숨의 봄바람과 눈물의 수정은 떠난 님을 그리워하는 정(情)의 추수입니다.
저리고 쓰린 슬픔은 힘이 되고 열(熱)이 되어서 어린 양(羊)같은 작은 목숨을 살아 움직이게 합니다.
님이 주시는 한숨과 눈물은 아름다운 생의 예술입니다.

꽃싸움

당신은 두견화를 심으실 때에 "꽃이 피거든 꽃싸움
하자"고 나에게 말하였습니다.
꽃은 피어서 시들어 가는데 당신은 옛 맹세를 잊으시고
아니 오십니까.

나는 한 손에 붉은 꽃수염을 가지고 한 손에 흰 꽃수염
을 가지고 꽃싸움을 하여서 이기는 것은 당신이라 하고
지는 것은 내가 됩니다.
그러나 정말로 당신을 만나서 꽃싸움을 하게 되면
나는 붉은 꽃수염을 가지고 당신은 흰 꽃수염을 가지게
합니다.
그러면 당신은 나에게 번번이 지십니다.
그것은 내가 이기기를 좋아하는 것이 아니라 당신이
나에게 지기를 기뻐하는 까닭입니다.
번번이 이긴 나는 당신에게 우승의 상을 달라고 조르겠
습니다.

그러면 당신은 빙긋이 웃으며 나의 뺨에 입맞추겠습니다.
꽃은 피어서 시들어가는데 당신은 옛 맹세를 잊으시고
아니 오십니까.

거문고 탈 때

달 아래에서 거문고를 타기는 근심을 잊을까 함이러니
첫 곡조가 끝나기 전에 눈물이 앞을 가려서 밤은 바다가
되고 거문고 줄은 무지개가 됩니다.
거문고 소리가 높았다가 가늘고 가늘다가 높을 때에
당신은 거문고 줄에서 그네를 뜁니다.
마지막 소리가 바람을 따라서 느티나무 그늘로 사라질
때 당신은 나를 힘없이 보면서 아득한 눈을 감습니다.
아아 당신은 사라지는 거문고 소리를 따라서 아득한
눈을 감습니다.

은혜

회한도 또한
거룩한 은혜.

깁실인 듯 가느른 봄볕이
골에 굳은 얼음을 쪼기고,

바늘같이 쓰라림에
솟아 동그는 눈물!

귀밑에 아른거리는
요염한 지옥 불을 끄다.

간곡한 한숨이 뉘게로 사무치느뇨?
질식한 영혼에 다시 사랑이 이슬 내리도다.

회한(悔恨)에 나의 해골을 잠그고저.
아아 아프고저!

별

누워서 보는 별 하나는
진정 멀 — 고나.

아스름 닫히려는 눈초리와
금실로 이은 듯 가깝기도 하고,

잠 살포시 깨인 한밤엔
창유리에 붙어서 엿보누나.

불현듯, 솟아나듯,
불리울 듯,맞아들일 듯,

문득, 영혼 안에 외로운 불이
바람처럼 이는 회한에 피어오른다.

흰 자리옷 채로 일어나
가슴 위에 손을 여미다.

임종

나의 임종하는 밤은
귀뚜라미 하나도 울지 말라.

나중 죄를 들으신 신부(神父)는
거룩한 산파처럼 나의 영혼을 가르시라.

성모취결례(聖母就潔禮) 미사 때 쓰고 남은 황촛불!

담 머리에 숙인 해바라기 꽃과 함께
다른 세상의 태양을 사모하여 돌으라.

영원한 나그네길 노자로 오시는
성주 예수의 쓰신 원광(圓光)!
나의 영혼에 칠색(七色)의 무지개를 심으시라.

나의 평생이요 나중인 괴롬!
사랑의 백금 도가니에 불이 되라.

달고 달으신 성모의 이름 부르기에
나의 입술을 타게 하라.

갈릴리 바다

나의 가슴은
조그만 '갈릴리 바다'.

때 없이 설레는 파도는
미(美)한 풍경을 이룰 수 없도다.

예전에 문제(門弟)들은
잠자시는 주(主)를 깨웠도다.

주를 다만 깨움으로
그들의 신덕(信德)은 복되도다.

돛폭은 다시 펴고
키는 방향을 찾았도다.

 오늘도 나의 조그만 '갈릴리'에서
주는 짐짓 잠자신 줄을 —.

바람과 바다가 잠잠한 후에야
나의 탄식은 깨달았도다.

그의 반

내 무엇이라 이름하리 그를?
나의 영혼 안의 고운 불,
공손한 이마에 비추는 달,
나의 눈보다 값진 이,
바다에서 솟아올라 나래 떠는 금성,
쪽빛 하늘에 흰 꽃을 달은 고산식물,
나의 가지에 머물지 않고
나의 나라에서도 멀다.
홀로 어여삐 스스로 한가로워 ― 항상 머언 이,
나는 사랑을 모르노라 오로지 수그릴 뿐.
때 없이 가슴에 두 손이 여미어지며
구비 구비 돌아나간 시름의 황혼길 위 ―
나- 바다 이편에 남긴
그의 반임을 고이 지니고 걷노라.

다른 하늘

그의 모습이 눈에 보이지 않았으나
그의 안에서 나의 호흡이 절로 달도다.

물과 성신([聖神)으로 다시 낳은 이후
나의 날은 날로 새로운 태양이로세!

뭇사람과 소란한 세대(世代)에서
그가 다만 내게 하신 일을 지니리라!

미리 가지지 않았던 세상이어니
이제 새삼 기다리지 않으련다.

영혼은 불과 사랑으로! 육신은 한낱 괴로움.
보이는 하늘은 나의 무덤을 덮을 뿐.

그의 옷자락이 나의 오관(伍官)에 사무치지 않았으나
그의 그늘로 나의 다른 하늘을 삼으리라.

또 하나 다른 태양

온 고을이 받들 만한
장미 한 가지가 솟아난다 하기로
그래도 나는 고하 아니하련다.

나는 나의 나이와 별과 바람에도 피로웁다.

이제 태양을 금시 잃어버린다 하기로
그래도 그리 놀라울 리 없다.

실상 나는 또 하나 다른 태양으로 살았다.

사랑을 위하여 입맛도 잃는다.

외로운 사슴처럼 벙어리 되어 산길에 설지라도 ―

오오, 나의 행복은 나의 성모 마리아!

나만의 정지용

나의 감성을 자극한
정지용 시를
필사해 보세요

비로봉

백화(白樺)수풀 앙당한 속에
계절이 쪼그리고 있다.

이곳은 육체 없는 요적한 향연장
이마에 스며드는 향료로운 자양!

해발 오천 피트 권운층 위에
그싯는 성냥불!

동해는 푸른 삽화처럼 옴직 않고
누뤼알이 참벌처럼 옮겨 간다.

연정은 그림자마저 벗자
산드랗게 얼어라! 귀뚜라미처럼.

바람

바람 속에 장미가 숨고
바람 속에 불이 깃들다.

바람에 별과 바다가 씻기우고
푸른 묏부리와 나래가 솟다.

바람은 음악의 호수
바람은 좋은 알리움!

오롯한 사랑과 진리가 바람에 옥좌를 고이고
커다란 하나와 영원이 펴고 날다.

유리창 1

유리에 차고 슬픈 것이 어른거린다.
열없이 붙어 서서 입김을 흐리우니
길들은 양 언 날개를 파닥거린다.
지우고 보고 지우고 보아도
새까만 밤이 밀려나가고 밀려와 부딪치고,
물먹은 별이, 반짝, 보석처럼 박힌다.
밤에 홀로 유리를 닦는 것은
외로운 황홀한 심사이어니,
고운 폐혈관이 찢어진 채로
아아, 너는 산새처럼 날아갔구나!

귀로(歸路)

포도(鋪道)로 내리는 밤안개에
어깨가 적이 무거웁다.

이마에 촉(觸)하는 쌍그란 계절의 입술
거리에 등불이 함폭! 눈물겹구나.

제비도 가고 장미도 숨고
마음은 안으로 상장(喪章)을 차다.

걸음은 절로 디딜 데 디디는 삼십(三十)적 분별
영탄도 아닌 불길한 그림자가 길게 누이다.

밤이면 으레 홀로 돌아오는
붉은 술도 부르지 않는 적막한 습관이여!

조약돌

조약돌 도글도글……
그는 나의 혼(魂)의 조각이러뇨.

앓는 피에로의 설움과
첫길에 고달픈
청(靑)제비의 푸념 겨운 지줄댐과,
꼬집어 아직 붉어 오르는
피에 맺혀,
비 날리는 이국 거리를
탄식하며 헤매누나.

조약돌 도글도글……
그는 나의 혼(魂)의 조각이러뇨.

저녁 햇살

불 피어오르듯 하는 술
한숨에 키여도 아아 배고파라.

수줍은 듯 놓인 유리컵
바쟉바쟉 씹는 대로 배고프리.

네 눈은 고만(高慢)스런 흑(黑)단추.
네 입술은 서운한 가을철 수박 한 점.

빨아도 빨아도 배고프리.

술집 창문에 붉은 저녁 햇살
연연하게 탄다, 아아 배고파라.

봄

윗까마귀 울며 나른 아래로
허울한 돌기둥 넷이 서고,
이끼 흔적 푸르른데
황혼이 붉게 물든다.

거북등 솟아오른 다리
길기도 한 다리,
바람이 수면에 옮기니
휘이 비껴 쓸리다.

램프

램프에 불을 밝혀 오시오 어쩐지 램프의 불을 보고 싶은 밤이외다.

하이얀 갓이 연잎처럼 아래로 수그러지고 닫힐새
— 끼워 세운 등피하며 가지가지 만듦새가 모다 지금은 고풍스럽게 된 램프는 걸려 있는 이보다 앉는 모양이 좋습니다.

램프는 두 손으로 받쳐 안고 오는 양이 아담합니다. 그대 얼굴을 농담(濃淡)이 아주 강한 옮겨오는 회화(繪畵)로 감상 할 수 있음이외다. — 딴 말씀이오나 그대와 같은 미(美)한 성(性)의 얼굴에 순수한 회화를 재현(再現)함도 그리스도교적 예술의 자유이외다.

그 흉측하기가 송충이 같은 석유를 달어올려 종이빛보다도 고운 불이 피는 양이 누에가 푸른 뽕을 먹어 고운 비단을 낳음과 같은 좋은 교훈이외다.

흔히 먼 산마루를 도는 밤기적이 목이 쉴 때 램프불은 적은 무리를 둘러쓰기도 합니다. 가련한 코스모스 위에 다음날 찬비가 뿌리리라고 합니다.

마을에서 늦게 돌아 올 때 램프는 수고롭지 아니한 고요한 정열과 같이 자리를 옮기지 않고 있습데다.

마을을 찾아 나가는 까닭은 막연한 향수(鄕愁)에 끌려 나감이나 돌아 올 때는 가벼운 탄식을 지고 오는 것이 나의 일지(日誌)이외다. 그러나 램프는 역시 누구 얼굴에 향한 정열이 아닌 것을 보았습니다.

다만 흰 종이 한 겹으로 이 큰 밤을 막고 있는 나의 보금 자리에 램프는 매우 자신 있는 얼굴이옵데다.

전등은 불의 조화(造花)이외다. 적어도 등불의 원시적 정열을 잊어버린 가설(架設)이외다.

그는 위로 치오르는 불의 혀 모양이 없습니다.

그야 이 심야에 태양과 같이 밝은 기공(技工)이 이제로 나오겠지요. 그러나 삼림에서 찍어온 듯 싱싱한 불꽃이 아니면 나의 성정(性情)은 그다지 반가울 리 없습니다.

성정이란 반드시 실용에만 기울어지는 것이 아닌 연고 외다. 그러므로 예전에 아시시오 성 프란시스코는 위로 오르는 종달새나 아래로 흐르는 물까지라도 자매로 불러 사랑하였으나 그 중에도 불의 자매를 더욱 사랑하 였습니다. 그의 낡은 망토 자락에 옮겨 붙는 불꽃을 그 는 사양치 않았습니다. 비상(非常)히 사랑하는 사랑의 표상(表象)인 불에게 흔한 벼조각을 아끼기가 너무도 인 색하다고 하였습니다.

이것은 성인의 행적이라기보다도 그리스도교적 Poesie
의 출발이외다.

램프 그늘에서는 계절의 소란을 듣기가 좋습니다.
먼 우레와 같이 부서지는 바다며 별같이 소란한 귀뚜라
미 울음이며 나무와 잎새가 떠는 계절의 전차(戰車)가 달
려옵니다.

창을 사납게 치는가 하면 적이 부르는 소리가 있습니다.
귀를 가지런히 하여 이 괴이한 소리를 가려 들으렵니다.

역시 부르는 소리외다. 램프 불은 줄어지고 벽시계는
금시에 황당하게 중얼거립니다. 이상도 하게 나의 몸은
마른 잎새같이 가벼워집니다.

창을 넘어다 보나 등불에 익은 눈은 어둠 속을 분별키
어렵습니다.

그러나 역시 부르는 소리외다.

램프를 줄이고 내어다 보면 눈자위도 분별키 어려운
검은 손님이 서 있습니다.

"누구를 찾으십니까?"

만일 검은 망토를 두른 촉루(髑髏)가 서서 부르더라고 하면 그대는 이러한 불길한 이야기는 기피하시리다.

덧문을 굳이 닫으면서 나의 양식(良識)은 이렇게 해설하였습니다.

—죽음을 보았다는 것은 한 착각이다—

그러나 '죽음'이란 벌써부터 나의 청각 안에서 자라는 한 항구(恒久)한 흑점(黑點)이외다. 그리고 나의 반성의 정확한 위치에서 내려다보면 램프 그늘에 채곡 접혀 있는 나의 육체가 목이 심히 말라 하며 기도라는 것이 반드시 정신적인 것보다는 어떤 대는 순순히 미각적(味覺的)인 수도 있어서 쓰디쓰고도 달디단 이상한 입맛을 다십니다.

"천주의 성모 마리아는 이제와 우리 죽을 때에 우리 죄인을 위하여 비소서 아멘."

밤

우리 서재에는 좀 고전(古典)스런 양장 책이 있을만치보
다는 더 많이 있다고 ― 그렇게 여기시기를.

 그리고 키를 꼭꼭 맞춰 줄을 지어 엄숙하게 들어 끼어
있어 누구든지 꺼내어 보기에 조심성스런 손을 몇 번씩
들여다보도록 서재의 품위를 우리는 유지합니다. 값진
도기(陶器)는 꼭 음식을 담아야 하나요? 마찬가지로
귀한 책은 몸에 병을 지니듯이 암기하고 있어야 할 이유
도 없습니다. 성화(聖畵)와 함께 멀리 떼어놓고 생각만
하여도 좋고 엷은 황혼이 차차 짙어갈제 서적의 밀집부
대 앞에 등을 향하고 고요히 앉았기만 함도 교양의 심
각한 표정이 됩니다. 나는 나대로 좋은 생각을 마주
대할 때 페이지 속에 문자(文字)는 문자끼리 좋은 이야
기를 이어 나가게 합니다. 숨은 별빛이 얽히고설키듯이
빛나는 문자끼리의 이야기……이 귀중한 인간의 유산을
금자(金字)로 표장(表裝)하여야 합니다.

 레오 톨스토이가 (그 사람 말을 잡아 피를 마신 사람!)
주름살 잡힌 인생관을 페이지 속에서 설교하거든
그러한 책은 잡초를 뽑아내듯 합니다.

책이 뽑혀 나온 빈 곳 그러한 곳은 그렇게 적막한 공동(空洞)이 아닙니다. 가여운 계절의 다변자(多辨者) 귀뚜라미 한 마리가 밤샐 자리로 주어도 좋습니다.

우리의 교양에도 가끔 이러한 문자가 뽑혀 나간 공동 안의 빈 하늘이 열리어야 합니다.

어느 겨를에 밤이 함폭 들어와 차지하고 있습니다. '밤이 온다' ─ 이러한 우리가 거리에서 쓰는 말로 이를지면 밤은 반드시 딴곳에서 오는 손님이외다. 겸허한 그는 우리의 앉은 자리를 조금도 다치지 않고 소란치 않고 거룩한 신부의 옷자락 소리 없는 걸음으로 옵니다. 그러나 큰 독에 물과 같이 충실히 차고 넘칩니다. 그러나 어쩐지 적막한 손님이외다. 이야말로 거대한 문자가 뽑혀 나간 공동에 임하는 상장(喪章)이외다.

나의 걸음을 따르는 그림자를 볼 때 나의 비극을 생각합니다. 가늘고 긴 희랍적 슬픈 모가지에 팔구비를 감어 봅니다. 밤은 지구를 따르는 비극이외다. 이 청징(淸澄)하고 무한한 밤의 모가지는 어드메쯤 되는지 아무도 아니 본 이가 없습니다.

비극은 반드시 울어야 하지 않고 사연하거나 흐느껴야 하는 것이 아닙니다. 실로 비극은 묵(默)합니다.

그러므로 밤은 울기 전의 울음의 향수(鄉愁)요 움직이기 전의 몸짓의 삼림(森林)이요 입술을 열기 전 말의 풍부한 곳집이외다.

나는 나의 서재에서 이 묵극(默劇)을 감격하기에 조금도 괴롭지 않습니다. 검은 잎새 밑에 오롯이 눌리우기만 하면 그만이므로. 나의 영혼의 윤곽이 올빼미 눈자위처럼 똥그래질 때입니다. 나무 끝 보금자리에 안긴 독수리의 흰 알도 무한한 명일(明日)을 향하여 신비로운 생명을 옴치며 들리며 합니다.

설령 반가운 그대의 붉은 손이 이 서재에 조화로운 고풍스런 램프 불을 보름달만 하게 안고 골방에서 옮겨올 때에도 밤은 그대 불의의 틈입자에게 조금도 황당하지 않습니다. 남과 사귈성이 찬란한 밤의 성격은 순간에 화원과 같은 얼굴을 바로 돌립니다.

- 1902 6월 20일 정태국과 정미하의 장남으로 충북 옥천에서 출생.

- 1910 옥천공립보통학교 입학.

- 1913 송재숙과 결혼.

- 1918 휘문고등보통학교에 입학. 재학 중 동인지 〈요람〉 간행.

- 1919 12월 〈서광〉 창간호에 소설 〈3인〉 발표.(정지용의 유일한 소설이며, 첫 작품.

- 1922 휘문고등보통학교 졸업. 첫 시 작품 〈풍랑몽〉 집필.

- 1923 일본 교토 도시샤 대학 영문과 입학.

- 1926 시 〈카페 프란스〉, 〈산엣색시 들녘사내〉, 등의 시 작품 발표.

- 1929 대학교 졸업 후 휘문고등보통학교 영어과 교사로 재직.

- 1930 박용철, 김영랑, 이하윤 등과 동인지 〈시문학〉 발간.
  시 〈유리창〉, 〈갑판 위〉, 〈호수 1,2〉 발표.

- 1931 시 〈유리창 2〉, 〈석류〉, 〈아침〉 발표.

- 1933 〈가톨릭 청〉 편집 고문 역임.
  시 〈해협의 오후 2시〉, 〈임종〉, 〈비로봉〉, 〈시계를 죽임〉 등 발표.

- 1935 첫 시집 《정지용 시집》 출간.

- 1941 시집 《백록담》 발간.

- 1945 이화여자전문학교에서 한국어와 라틴어 강의.

- 1946 6월 《지용시선》 발간.

- 1948 평론집 《문학독문》 발간.

- 1950 한국전쟁 발생 당시 정치보위부로 끌려갔다 평양감옥으로
  이감. 이후 사망한 것으로 추정.

감성시집 4
읽고 쓰는
향수

초판 1쇄 발행 2022년 3월 31일

지은이 정지용
펴낸이 박인연
펴낸곳 모든북스
등 록 2020년 9월 18일(제 2020-000195호)
전 화 010-4587-5410
주 소 경기도 고양시 일산동구 숲속마을 1로 55
이메일 modenbooks@naver.com
ISBN 979-11-972440-6-3 (03810)

파본은 구입처에서 교환해 드립니다.
책값은 뒤표지에 있습니다.